OPÉRA NATIONAL DE PARIS

20, allée de la Danse

L'Éditeur tient à remercier tout particulièrement pour leur aide précieuse :
Élisabeth Platel, *Directrice de l'École de Danse de l'Opéra de Paris ;*
Astrid Boitel, *Assistante de direction de l'École de Danse de l'Opéra de Paris;*
Benjamin Beytout, *Adjoint au Directeur Commercial et du Développement de l'Opéra de Paris.*

Loi n° 49-956 du 16 juillet 1949 sur les publications destinées à la jeunesse,
modifiée par la loi n° 2011-525 du 17 mai 2011
DA maquette : Marine Giacomi
Dépôt légal : mars 2018
ISBN 978-2-09-257797-4

OPÉRA NATIONAL DE PARIS

20, allée de la Danse

Enquête à l'Opéra

Elizabeth Barféty

Illustré par Magalie Foutrier

Nathan

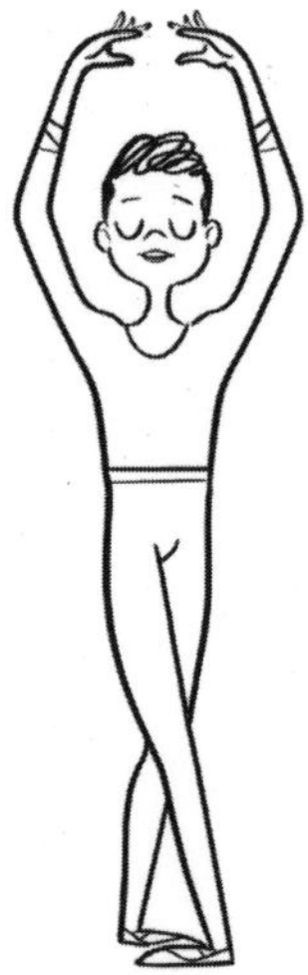

1

– Quand même... Parfois, je trouve qu'elle a de la chance, Aurore !

Zoé ouvre de grands yeux.

– Tu as quelque chose à nous annoncer, Constance ? demande-t-elle, un sourire moqueur aux lèvres. Un prince charmant en vue ?

La brune hausse les épaules et pique une tomate dans son assiette.

Les deux filles se trouvent dans le réfectoire de l'École de Danse de l'Opéra de

Paris, où elles sont élèves. Attablées à côté d'elles, Sofia et Maïna déjeunent elles aussi.

Les quatre petits rats sont amies. Inséparables, même. Avec Colas et Bilal, deux élèves de l'École, elles forment « la bande ».

– Pourquoi tu dis ça ? interroge Maïna, la jeune Martiniquaise à l'optimisme inoxydable.

Mais avant que Constance ait pu répondre, la conversation est interrompue par l'arrivée des deux garçons du groupe.

– Ne nous attendez pas surtout ! lance Bilal en riant. De quoi vous parlez ?

– De *La Belle au bois dormant*, explique Sofia, la discrète Italienne.

– Sérieusement ? Vous parlez boulot pendant la pause déjeuner maintenant ? se moque Colas.

Il faut dire que les élèves de cinquième division – la deuxième année de danse à l'École – travaillent depuis plusieurs semaines les tableaux de *La Belle au bois dormant* qu'ils danseront sur les planches de l'Opéra Garnier.

Le beau blond fait une grimace, avant d'engloutir un énorme morceau de pain.

– Je sais pas ce que j'ai, je suis affamé en ce moment, reprend-il, la bouche pleine.

– C'est parce que tu es en pleine croissance, la crevette ! réplique Bilal du tac au tac.

Zoé lève les mains.

– OK, ton estomac est un puits sans fond, c'est fascinant, Colas, déclare-t-elle, l'air de penser exactement le contraire, mais c'est pas le sujet ! Continue, Constance. Explique-nous.

– Je ne sais pas… parfois, j'aimerais bien pouvoir m'endormir quelques années… et me réveiller quand je serai adulte. Après avoir été admise dans le Corps de ballet, par exemple… Ça ne vous fait jamais ça ?

Zoé est surprise. C'est la première fois qu'elle envisage l'histoire sous cet angle.

– Mais t'imagines toutes les choses qu'elle a ratées en cent ans ?! s'exclame-t-elle.

– Qui ça ? interroge Colas.

– Aurore ! répond la petite rousse. Suis un peu !

Bilal rigole.

– Je suis d'accord avec Zoé, déclare-t-il. Je n'ai pas du tout envie de me réveiller adulte. J'ai trop de trucs à faire avant…

Sofia, qui semble réfléchir depuis tout à l'heure, intervient :

– Je crois que je comprends. Parfois, si on pense à tout ce qui nous attend, on peut avoir envie de… comment dire ? accélérer le temps.

Zoé appuie son menton sur ses paumes, l'air boudeur.

– Ah non, hein ! s'insurge-t-elle. Il va déjà trop vite comme ça, le temps.

Maïna la regarde avec un air indulgent.

– Tu dis ça parce que c'est ton anniversaire dans deux semaines, c'est ça ?

La petite rousse gémit, désespérée :

– Ne prononce pas ce mot ! Déjà qu'il y a des tonnes de petits maintenant !

– Tu parles des nouveaux ? demande Colas. Arrête, y a des élèves de sixième division qui sont plus vieux que toi !

À 9 ans, Zoé est la plus jeune de la bande. Et justement, elle a toujours apprécié ce statut de benjamine. Elle adore être la plus petite, la danseuse prodige, celle à qui on pardonne tout aussi !

« Mais c'est fini maintenant ! » songe-t-elle en faisant la moue.

– Arrête avec ta tête de chaton ! se moque Bilal. Moi, je trouve que vous êtes aussi bizarres l'une que l'autre. Toi qui ne veux pas grandir et Constance qui voudrait déjà avoir 20 ans.

– C'est vrai, ça vous fait un drôle d'effet, ce ballet, renchérit Colas. On pourrait plutôt discuter du fait qu'on va passer notre temps à l'Opéra !

Ces derniers mots redonnent le sourire à Zoé.

– Je-vais-voir-Hu-go ! chantonne-t-elle.

Le Hugo en question n'est autre que

Hugo Dinant, danseur Étoile à l'Opéra de Paris. Zoé a un lien particulier avec lui. Suivant la tradition de l'École, quand elle est arrivée, la petite rousse a cherché un parrain pour la guider, écouter ses confidences, la conseiller… Et avec l'audace qui la caractérise, elle a demandé au danseur de jouer ce rôle. L'Étoile a accepté et est ainsi devenu son Petit Père !

Comme la majorité des petits rats, Zoé est interne. Elle vient de Corse ; ses parents et son petit frère vivent à des kilomètres de l'École, qui se situe à Nanterre, en région parisienne. Du coup, le soutien de Hugo est précieux pour la jeune fille. Même si, parfois, elle se dit qu'elle aurait mieux fait de demander à un élève de grande division. Elle aurait eu quelqu'un à portée de main !

– Bon, c'est bien joli, vos histoires de Belle au bois dormant, mais ne vous endormez pas sur vos assiettes, on va finir par être en retard ! conclut Bilal en prenant son plateau.

Le reste de la bande l'imite rapidement : l'heure du cours de danse classique approche.

À l'École, les petits rats consacrent leurs matinées à la scolarité et leurs après-midi à la danse. Après le déjeuner, filles et garçons ont deux cours de classique distincts, il est donc temps pour la bande de se séparer.

Zoé suit Constance, Maïna et Sofia jusqu'à leur salle.

– En place, mesdemoiselles ! les accueille Mlle Paillac, leur professeure.

La petite rousse s'installe à la barre avec

un pincement au cœur. L'année dernière, c'est Mlle Hetter qui s'occupait d'elles. Et elle était plus chaleureuse, presque maternelle.

« Qu'est-ce que j'ai à regretter le passé aujourd'hui ? se demande la jeune danseuse. Ça ne me ressemble pas ! C'est peut-être à cause de mon anniversaire… »

Ça ne sera pourtant pas le premier qu'elle fêtera loin de sa famille. L'année précédente, ça ne l'avait pas dérangée : elle était si euphorique d'avoir été admise à l'École ! Tout était nouveau.

Les premières notes du piano de Gabrielle, leur accompagnatrice, résonnent et Zoé entame la série de pliés.

Comme toujours, la danse est le meilleur moyen pour elle de se changer les idées. Aujourd'hui, elle exécute tous les mouvements en s'imaginant sur la scène de l'Opéra. La chaleur des projecteurs, le regard du public, les applaudissements…

La petite rousse est tellement emportée par son imagination qu'elle salue à la fin de son premier passage au milieu.

– Au lieu de faire le clown, pensez à votre posture, Zoé ! lui lance Mlle Paillac.

La jeune fille sursaute, brusquement tirée de ses pensées.

– Oui, mademoiselle, acquiesce-t-elle.

«Je ne m'y fais pas, au vouvoiement, songe-t-elle en se plaçant sur le côté de la salle pendant que le second groupe s'avance. J'ai toujours l'impression qu'elle s'adresse à plusieurs personnes ! »

– C'est valable pour vous toutes, reprend la professeure. Je sais que beaucoup

d'entre vous ont pris des centimètres récemment. Mais ce n'est pas une raison pour vous laisser aller ! On se redresse, on baisse les épaules, on sourit !

Pour la dernière partie du cours, Zoé se concentre. Elle sait que très bientôt, Hugo la verra danser. Et pas question de se faire reprendre devant lui !

Résultat : le temps file à toute allure et la leçon se termine déjà.

Après une pause bien méritée, la bande est réunie pour le cours d'expression musicale, à la plus grande joie de la petite rousse. Voilà une chose qui n'a pas changé par rapport à l'année précédente… et un lieu où on ne lui reprochera pas de faire le clown !

À la fin de la journée, les six amis se retrouvent dans le grand parc qui entoure l'École. Ils ont l'habitude de passer un moment tous ensemble, avant de dire au revoir à Bilal, le seul externe du groupe.

– Tu sais, je repensais à la conversation de ce midi, commence Maïna. Ça a quand même du bon, de grandir… Moi, je trouve génial qu'on découvre des tonnes de nouvelles choses. Les pointes, par exemple !

– Depuis le temps que j'en rêvais, approuve Sofia.

– Et puis tu te souviens de ce que tu ressentais quand tu n'étais pas sûre de passer en cinquième division ? intervient Constance. Tu avais envie d'avancer, pas de faire du surplace.

– Bien sûr que oui, proteste Zoé. Moi

aussi, j'aime découvrir des trucs. C'est juste grandir, que j'aime pas !

Maïna rigole.

– Oui, mais ça, Suricate, tu n'as pas vraiment le choix...

La petite rousse sourit en entendant son surnom. Ses amis le lui ont donné à cause de son immense curiosité... et de son côté très actif.

– Et puis, on s'en fiche de l'âge ! renchérit Colas. Si tu décides que ça ne change rien, je ne vois pas où est le problème.

Zoé met les poings sur ses hanches, adoptant une posture de superhéroïne

– Vous avez raison ! s'écrie-t-elle, solennelle. Ce n'est pas un anniversaire qui va me gâcher la vie !

– Un quoi ? interroge Bilal en levant les sourcils. Je ne sais même pas de quoi tu parles ! Bon, allez, je file. À demain !

Après cet échange avec ses amis, Zoé a retrouvé sa bonne humeur habituelle. Et le soir, au moment de se coucher, elle annonce à Maïna et Constance, qui partagent sa chambre :

– Je vous préviens, cette nuit, je vais rêver de ma nomination. La plus jeune danseuse Étoile de l'histoire de l'Opéra… Alors je vous conseille de ne pas me réveiller !

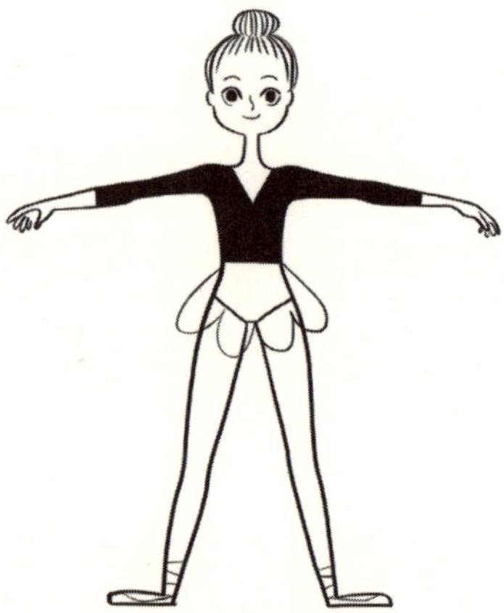

2

– *Garnier, nous voilà !* lance Zoé en grimpant dans le car qui attend les élèves devant l'École.

Alors qu'elle s'installe à la deuxième rangée, Colas l'interpelle :

– Ah non, on se met au fond ! Comme ça, on est tous ensemble !

Mais la petite rousse sort un livre de son sac et l'agite sous le nez de son ami.

– Désolée, mais j'ai envie de connaître la fin de mon roman policier !

– T’es sérieuse ? Tu t’assois toute seule ? interroge Bilal, qui se tient derrière le petit blond dans l’allée centrale.

– Tu es encore triste comme hier ? s’inquiète Maïna, dont la tête vient de surgir derrière Bilal.

Zoé sourit de toutes ses dents, avant de répondre :

– Je veux juste lire pendant le trajet ! Entre les cours, les devoirs, les répétitions, je n’arrive jamais à avancer. Je veux savoir la fin !

Devant l’air déçu de ses amis, elle promet :

– Au retour, je me mets avec vous, d’accord ?

Bilal lui tape dans la main :

– Ça marche. T’as intérêt de le finir à l’aller, ton bouquin !

Zoé se cale près de la fenêtre et ouvre son roman avec un soupir de satisfaction. Elle adore les intrigues policières et elle aimerait pouvoir lire toute la nuit… mais la vie de petit rat ne permet pas ce genre de choses !

Le reste de la bande avance jusqu'au fond du bus et prend place sur les cinq sièges alignés.

– Vous croyez qu'il faut qu'on s'inquiète pour Zoé ? demande Sofia. Après la conversation d'hier…

– Je ne crois pas, répond Constance. On a parlé de nos idées bizarres, c'est tout. Ce n'est pas parce que j'ai dit ça que je veux vraiment dormir cent ans !

– Moi aussi, je trouve qu'elle a l'air d'aller bien, approuve Maïna. Et surtout, c'est génial qu'elle ait voulu s'asseoir seule…

Les autres la fixent, étonnés.

– Pourquoi ? interroge Colas, sourcils froncés.

– Parce que dans deux semaines, c'est son anniversaire, vous vous rappelez ? Il faut qu'on lui organise une fête !

– Mais… elle a dit qu'elle ne voulait pas grandir, souffle Sofia. Tu es sûre que ça lui ferait plaisir ?

Les amis se regardent quelques instants, incertains.

– Je sais ce qu'on peut faire ! s'écrie soudain Bilal. On n'a qu'à lui préparer une fête de non-anniversaire !

– Ah oui, comme dans *Alice au pays des merveilles*, comprend Constance. Ça me plaît…

– Mais qu'est-ce que ça veut dire ? demande Colas. On prépare quoi ?

– On a tout le voyage pour trouver des idées ! annonce Maïna en sortant un carnet et un stylo de son sac.

Une heure plus tard, les petits rats quittent le car devant le Palais Garnier.

– Alors, c'est qui le meurtrier ? demande Bilal, lorsque le reste de la bande rejoint Zoé qui est déjà assise sur les marches.

– Si tu as envie de le savoir, tu n'as qu'à le lire ! réplique la petite rousse. Tu veux que je te le prête ?

– Non merci, c'est pas trop mon truc, les policiers…

– Tu ne sais pas ce que tu rates, répond Zoé. Moi, j'adore les livres qu'on ne peut plus poser quand on a commencé !

Une fois la bande à l'intérieur de l'Opéra, filles et garçons se séparent pour aller se préparer. Zoé enfile d'abord ses collants et son justaucorps, avant de s'attaquer à ce qui lui prend le plus de temps : son chignon.

« Bilal et Colas ne se rendent pas compte de leur chance ! » se dit-elle pour la millième fois en mouillant ses cheveux afin de les lisser parfaitement.

Du coin de l'œil, elle aperçoit Maïna qui écrit sur un petit carnet.

– Tu veux bien venir m'aider ? lui lance-t-elle avec une moue suppliante.

– J'arrive !

La jeune Martiniquaise se place debout derrière elle et se met au travail.

– Qu'est-ce que tu écrivais ? questionne Zoé, soulagée de n'avoir plus à s'occuper de sa coiffure.

– Oh, rien ! s'écrie son amie. Je note les trucs que je ne veux pas oublier ou ce qui me passe par la tête…

Maïna rougit, gênée d'avoir été surprise alors qu'elle jetait sur le papier ses idées pour le non-anniversaire de Zoé. Mais elle a tort de s'inquiéter : la petite rousse ne remarque rien.

– C'est super ! s'exclame-t-elle. Je devrais faire pareil.

– J'ai plein d'autres carnets, tu pourras regarder ce soir si tu veux en prendre un qui te plaît, propose Maïna.

Constance et elle échangent un regard complice.

Quelques minutes plus tard, les filles sont enfin prêtes. Elles rejoignent les coulisses pour écouter les consignes.

C'est la première séance de travail sur

la scène de l'Opéra, il y a énormément de choses à mettre en place, et le ballet est long… Les petits rats savent ce que cela signifie.

– On va passer notre temps à attendre ! soupire Colas, philosophe.

– C'est pas comme si on n'était pas habitués, réplique Bilal.

– Et on va pouvoir regarder les danseurs de la Compagnie travailler ! ajoute Sofia, les yeux brillants.

Mais Zoé n'a aucune intention de rester admirer le Corps de ballet avec le reste de la bande. Elle jette un coup d'œil à l'horloge murale et annonce :

– Je vous retrouve tout à l'heure, j'ai un truc à faire !

– D'accord, à tout à l'heure, répond Maïna en souriant.

La petite rousse marque un temps d'arrêt. Elle était certaine que sa phrase allait déclencher un interrogatoire en règle…

Depuis le jour où elle a accidentellement renversé du soda sur un des précieux costumes de scène, la bande refuse de la laisser se promener seule dans les couloirs de l'Opéra.

« Bizarre », pense-t-elle en regardant les autres s'éloigner. Elle serait presque déçue. Est-ce que ses amis ne s'intéressent plus suffisamment à elle pour s'inquiéter des bêtises qu'elle pourrait faire ?

Zoé hausse les épaules. « Après tout, c'est arrivé il y a longtemps… Peut-être qu'ils se disent simplement que j'ai retenu la leçon ! »

De toute façon, avec ou sans l'approbation de la bande, elle ne renoncera pas à son projet du jour…

La petite rousse retourne dans les vestiaires pour fouiller dans son sac et elle en tire un petit paquet cadeau. Un roman policier qu'elle a soigneusement emballé pour l'offrir à son Petit Père !

Mais plutôt que de le lui donner directement – et de risquer de le déranger pendant la répétition –, elle a prévu de lui faire une surprise en le lui déposant dans sa loge avec un petit mot !

« Je suis sûre que ça lui fera plaisir », se réjouit-t-elle alors qu'elle avance dans les couloirs, son cadeau serré contre son cœur.

Après un coup d'œil autour d'elle, la jeune danseuse se faufile dans un étroit escalier. Elle n'emprunte pas le passage le plus direct, car il est aussi le plus fréquenté… Si Zoé prend autant de précautions, c'est parce qu'elle n'a pas le droit d'être là :

les petits rats ne sont bien sûr pas autorisés à se promener à leur guise dans l'Opéra pendant les répétitions… En plus, avec sa bêtise de l'année passée, la petite rousse sait qu'elle ne pourrait espérer aucune indulgence ! Bref, elle a vraiment intérêt à se faire la plus discrète possible.

«J'espère qu'il ne l'a pas déjà lu, songe-t-elle soudain. Je ne sais même pas s'il aime les romans policiers. Ni même s'il aime lire !»

Zoé se met à douter de son idée de cadeau. Elle ne connaît pas son Petit Père si bien que ça, finalement… Peut-être aurait-elle dû lui offrir autre chose ?

Plongée dans ses pensées, elle n'a pas fait attention à ce qui l'entourait. Soudain, elle entend des voix qui se rapprochent !

Paniquée, la petite rousse regarde partout autour d'elle. Dans le couloir où elle se trouve, aucun recoin où se cacher… Juste une porte, qu'elle ouvre en priant pour qu'il n'y ait personne derrière.

« Je n'aurais jamais cru être si contente de découvrir un cagibi ! » se dit-elle avec un sourire soulagé.

Zoé est entourée de balais, de rouleaux de papier toilette et d'un tas de cartons. Elle tire la porte, mais ne la ferme pas entièrement : elle n'a aucune envie d'être dans le noir, ou pire, de rester coincée !

Dans le couloir, les voix se font de plus en plus audibles. Zoé commence à distinguer la conversation.

– Je ne comprends pas pourquoi tu te mets dans cet état, Camille ! dit la première voix.

– Je ne sais pas… J'ai peur d'espérer et d'être déçue, tu comprends ? répond la seconde. Encore une fois !

Dévorée par la curiosité, Zoé s'approche de la porte entrebâillée. Elle veut savoir qui sont les deux jeunes femmes en train de discuter.

Celle qui vient de parler lui tourne le dos, et Zoé ne voit que ses cheveux blond très clair remontés en chignon. Son amie l'a appelé Camille, et Zoé n'en connaît qu'une. Une Première danseuse !

La seconde jeune femme, qui pose la main sur son épaule, a de longs cheveux bruns et un visage doux. Zoé la reconnaît, elle est Sujet. « Je crois qu'elle s'appelle Sophie », réfléchit la petite rousse.

– Écoute, tout le monde dit qu'il pense à toi, déclare la brune d'un ton rassurant.

– Tu crois ? interroge la blonde d'une voix tremblante. Ça fait si longtemps que j'en rêve… Je suis tellement stressée que je n'arrive plus à dormir ! J'ai même du mal à danser…

– Il faut juste que tu prennes ton courage à deux mains, que tu te lances. Sois toi-même et tout se passera bien.

Les deux danseuses ont repris leur marche et Zoé recule pour ne pas risquer d'être vue quand elles passent devant le cagibi. Alors que les jeunes femmes s'engagent dans l'escalier, la petite rousse entend les derniers mots de la blonde :

– J'ai peur de tout gâcher… Je devrais me contenter de ce que j'ai et ne pas en vouloir plus !

Zoé attend encore quelques instants avant de quitter le cagibi, le temps de s'assurer que le couloir est bien désert.

« Elles parlaient d'un garçon, songe-t-elle. Mais de qui ? »

3

Alors que Zoé poursuit son chemin jusqu'à la loge de Hugo Dinant, les bribes de la conversation qu'elle vient d'entendre tournent dans sa tête.

« Pour comprendre, il faut rassembler les indices », se dit-elle avec un sourire ravi.

Même s'il ne s'agit pas d'un meurtre, tout ce qu'elle a appris dans les romans policiers qu'elle dévore pourrait bien lui servir !

« Voyons… Je sais qu'il y a un garçon. Et qu'il pense à Camille. Et qu'elle a peur de tout gâcher, récapitule Zoé. Facile : Camille est amoureuse d'un danseur de la Compagnie, et elle n'ose pas lui faire sa déclaration ! »

– J'ai trop hâte de raconter ça à la bande ! chuchote-t-elle, surexcitée.

Elle est presque étonnée d'être déjà arrivée devant la porte de la loge. Elle colle son oreille contre le bois, pour s'assurer qu'il n'y a personne.

– La voie est libre, souffle-t-elle, avant de s'engouffrer dans la pièce.

Zoé sourit en voyant le bazar qui règne dans la loge. Visiblement, Hugo a dû se dépêcher de rejoindre la répétition… « Ou alors il est aussi bien organisé que moi ! »

Elle place son cadeau au milieu du petit canapé, à un endroit où l'Étoile ne pourra pas le rater. « Et voilà le travail ! se dit-elle fièrement. Mission accomplie, agent Zoé ! »

En prenant garde de ne toucher à rien, la petite rousse ressort de la pièce.

« Et dire que j'avais peur de m'ennuyer pendant la répétition d'aujourd'hui ! » songe-t-elle en pressant le pas pour rejoindre ses amis le plus vite possible.

Après avoir cherché la bande un moment, Zoé finit par la retrouver, sur le côté de la scène.

– Vous ne devinerez jamais…

– Ah, te voilà ! la coupe Maïna en

l'apercevant. On a eu peur que tu sois en retard.

– En retard ? répète la petite rousse, sans comprendre.

– Bah, on entre dans deux minutes, maligne ! explique Bilal.

La petite rousse lève les yeux vers l'horloge… « Zut ! J'ai eu chaud » ! se dit-elle, alors qu'elle prend sa place derrière Sofia. Avec l'interlude du cagibi, elle a mis plus de temps que prévu pour faire l'aller-retour !

Ça y est : les petits rats sont appelés. Zoé s'avance en essayant de se concentrer. Elle est frustrée de ne pas pouvoir raconter tout de suite à ses amis la conversation qu'elle a entendue.

C'est donc d'une oreille un peu distraite qu'elle écoute les indications de placement.

Elle parcourt la scène du regard et sourit en apercevant Hugo. Elle se retient de lui faire un signe… «Je suis impatiente qu'il découvre son cadeau!» songe-t-elle.

Mais la réalité se rappelle à elle : c'est le moment de danser!

Les petits rats se lancent. Zoé se sent un peu engourdie, mais elle ne s'inquiète pas. C'est comme ça à chaque première répétition à l'Opéra. Peut-être à cause de la majesté de la salle, peut-être à cause des regards… Quoi qu'il en soit, la petite rousse a de l'expérience maintenant. Elle sait qu'au prochain passage, ça ira déjà mieux.

– Descendez un peu plus, les enfants, leur indique le Maître de ballet.

Zoé imite ses amis en avançant de quelques pas : la scène de l'Opéra Garnier est en pente, pour que les spectateurs puissent mieux voir ce qui se passe au fond. Quand on y danse, descendre signifie donc s'avancer.

– Voilà, c'est là que vous commencerez, c'est mieux, déclare le Maître de ballet, avant de frapper dans ses mains. OK, on passe à la suite !

Alors que Zoé et ses amis s'écartent et rejoignent les coulisses, Hugo s'avance, accompagné de…

– Camille ! souffle la petite rousse, les yeux écarquillés.

– Bah oui, ils l'ont dit tout à l'heure, lui répond Constance. Elle est distribuée dans le rôle d'Aurore pour la première représentation. Elle va danser avec Hugo, du coup. Pourquoi, tu la connais ?

Zoé secoue la tête.

– Non… Ils ont dû l’annoncer quand je n’étais pas là.

– Où est-ce que tu étais, d’ailleurs ? interroge Maïna, soupçonneuse.

– Je suis allée déposer un cadeau dans la loge de Hugo, explique la petite rousse.

– Tu n’as pas fait ça… murmure Sofia, sidérée.

– C’est une blague ! renchérit Constance. Ça ne t’a pas servi de leçon, la dernière fois ?

– Ne vous inquiétez pas, j’ai fait très attention de ne rien toucher, réplique Zoé. Et puis personne ne m’a vue. En revanche, moi, j’ai vu quelque chose…

– Quoi ? demande Colas.

– Demande-moi plutôt qui, répond mystérieusement Zoé.

– Oh, là, là, accouche ! s’écrie Bilal. Une

star de cinéma ? Un journaliste connu ? Le fantôme de l'Opéra ?

Toute la bande rigole en voyant la mine énervée de la petite rousse.

– Ça va, je peux créer un peu de suspense, non ?

– Bon, en tout cas, ça a intérêt à être bien, maintenant ! souffle Constance.

Ravie que tous les regards soient braqués sur elle, Zoé se lance :

– Figurez-vous que j'ai surpris une conversation entre Camille et une autre danseuse, Sophie, la brune, vous voyez ?

Ses amis acquiescent, attendant la suite.

– Eh bien, elles parlaient d'un garçon. Visiblement, Camille est folle amoureuse, mais elle n'ose pas le lui avouer…

– Mais l'avouer à qui ? interroge Sofia.

Zoé fait la moue.

– Ça, je ne sais pas…

– Super, ton histoire ! se moque Bilal. Si ça se trouve, c'est un mec en dehors de la Compagnie, et on le connaît même pas…

– Oui, et puis, c'est pas un scoop, y a plein de couples dans le Corps de ballet, remarque Colas. Je m'attendais à un truc plus…

– Attendez !

Constance vient d'interrompre son ami et de faire pivoter Zoé vers la scène.

– Et si c'était Hugo ?

La petite rousse observe le couple de danseurs.

– Tu as raison, elle le dévore des yeux, murmure-t-elle.

– En même temps, le rôle le demande, intervient Maïna. Elle joue la princesse amoureuse…

Zoé réfléchit.

– Mais quand même, c'est possible. Hugo est célibataire. Et elle en parlait en allant le rejoindre…

– Un peu léger pour en conclure que tu as trouvé l'amoureux mystère, non ? rigole Bilal. Je suis sûr que dans tes romans policiers, il en faut un peu plus que ça !

La petite rousse sourit.

– Oh, je n'aime pas ce regard, déclare Constance. À quoi tu penses ?

– Je pense que Bilal a raison…

– Toujours, approuve le brun.

– … il faut que je mène l'enquête !

Colas se frappe le front.

– Mais c'est la vie privée d'une danseuse que tu ne connais même pas, grommelle-t-il. Pourquoi tu veux t'en mêler ?

– D'un, si ça se trouve, elle est amoureuse

de Hugo, qui est mon Petit Père, donc ça me concerne. De deux, même si ce n'est pas de lui, si on sait qui est l'amoureux mystère, on pourra peut-être les réunir tous les deux…

– Tu veux jouer les entremetteuses ? demande Constance.

Zoé approuve avec enthousiasme.

– Quand deux personnes s'aiment, c'est mieux qu'elles soient ensemble, non ?

– Mais on ne sait pas si l'autre est amoureux, réplique Colas.

– Justement ! insiste la petite rousse. Première étape : on trouve qui c'est ; deuxième étape : on cherche à savoir s'il aime Camille lui aussi…

– Et troisième étape, on leur organise un rendez-vous ! termine Sofia, qui semble se prendre au jeu.

Devant l'air sceptique du reste de la bande, Zoé ajoute :

– Allez, quoi ! Ça nous occupera pendant les répétitions ! Et puis c'est pour une bonne cause…

Maïna et Constance échangent un sourire indulgent, et c'est Bilal qui conclut :

– OK, c'est parti pour l'opération Cupidon !

– Youhou !

Zoé pousse un cri de joie, qui lui vaut quelques regards surpris ou sévères des danseurs présents en coulisse.

Elle fait un sourire d'excuse, puis chuchote :

– Par quoi on commence ?

4

Maïna, Constance et Zoé sont de retour dans leur chambre à l'internat. Assise sur la moquette, la petite rousse examine une dizaine de carnets étalés devant elle.

– Voilà tout mon trésor ! annonce la jeune Martiniquaise. Prends celui que tu veux !

– On ne risque pas d'oublier pourquoi on t'appelle l'Écureuil ! se moque gentiment Constance.

La jeune fille a gagné ce surnom en raison de sa manie des collections en tout genre.

Zoé s'empare d'un de carnets, à la couverture noire décorée d'un point d'interrogation doré.

– Tu comptais en faire quoi de celui-ci ? questionne-t-elle.

Maïna hausse les épaules.

– Je ne sais pas trop… Écrire sur les grandes questions de la vie ?

– Genre : « Pourquoi la tartine de beurre retombe toujours du mauvais côté ? », rigole la petite rousse.

Maïna a un sourire malin.

– Ou alors est-il scientifiquement possible de faire taire Mlle Zoé Mattei ?

La petite rousse lui tire la langue.

– Tu aurais dû me demander directement, je t'aurais dit que c'était impossible !

Après un instant de réflexion, elle ajoute :

– Je crois que je vais prendre celui-ci. Un point d'interrogation, c'est parfait pour une enquête, non ?

– Sinon, tu pourrais aussi essayer d'écrire un roman policier, suggère Constance.

Zoé bondit sur ses pieds.

– Super idée ! Mais tu sais ce que nous a dit la prof de français ? Il faut écrire sur ce qu'on connaît…

– Donc tu comptes commettre un meurtre ? se moque Constance.

– Tout à fait, et je pensais à toi pour le rôle de la victime !

La petite rousse se précipite vers son amie, qui pousse un cri aigu, avant de partir en courant. Elle quitte la chambre et s'enfuit dans le couloir, toujours poursuivie par Zoé, qui lui hurle :

– Viens ici, petite victime !

En riant, Maïna fonce à leurs trousses. Bientôt, les autres portes du couloir s'ouvrent, et des têtes apparaissent, intriguées par ce chahut. Parmi les curieux se trouve Sofia, qui s'élance aussitôt à leur suite en criant :

– Hé, attendez-moi !

Quelques élèves de sixième division, installés sur les canapés de l'étage, les regardent en ouvrant de grands yeux… Ils ne s'attendaient pas à ce genre de spectacle à l'École !

– Pas d'inquiétude, on est folles, mais pas dangereuses ! leur lance Maïna en passant.

Constance s'est engouffrée dans l'escalier qui mène à l'étage supérieur, où se trouve la chambre que Colas partage cette année avec Basile et Lucas.

La jeune danseuse se rue vers leur porte et la martèle en gémissant :

– Je demande asile ! Je suis poursuivie par un suricate assoiffé de sang !

Lucas l'ouvre : il n'a pas l'air ravi.

– Colas, c'est pour toi, lâche-t-il, alors que le beau blond surgit déjà derrière lui.

Ce dernier lui fait un sourire d'excuse et entraîne les filles un peu plus loin dans le couloir.

Constance et Zoé s'écroulent dans les canapés du coin détente, tandis que Colas explique :

– Lucas n'a pas trop apprécié… C'est

peut-être mieux que ce soit moi qui vienne chez vous, la prochaine fois.

– Oh, là, là, il faut qu'il se détende un peu, celui-là ! souffle Zoé.

– Oui, enfin, si on peut éviter qu'il aille se plaindre aux surveillants, c'est mieux… remarque Constance.

Ce ne serait pas la première fois que la bande se ferait remarquer. Ils ont pour habitude de se livrer à une partie d'Action ou vérité chaque semaine. Et certains gages ne sont pas vraiment discrets ! Heureusement, la plupart des autres élèves trouvent leurs bêtises plus amusantes que dérangeantes.

– D'ailleurs, Frantz m'a prévenu : on a plutôt intérêt à ne pas fréquenter son étage, déclare Colas. Maintenant qu'il est en première division, monsieur n'a pas envie qu'on le dérange avec nos gages !

Son grand frère est aussi élève à l'École de Danse, en dernière année. Au mois de juin, il passera le concours pour tenter d'entrer dans le Corps de ballet de l'Opéra de Paris.

– C'est normal, ils ont une pression énorme, soupire Sofia.

– Ça, je confirme, approuve Colas. J'ai l'impression que les grands ont moins de temps pour nous, maintenant.

– On a moins besoin de nos Petites Pères et de nos Petites Mères que l'année dernière, de toute façon, tempère Constance.

Maïna soupire.

– Et encore, Frantz est toujours à l'internat ! déclare-t-elle. Depuis que Dorothée a pris une colocation à l'extérieur, je ne la vois plus jamais…

– Tu devrais lui en parler, suggère

Constance. Je suis sûre qu'elle trouverait un moment pour toi.

Au lieu de rester à l'internat, les élèves les plus âgés prennent parfois un appartement à proximité de l'École. Mais bien entendu, il leur faut l'accord de leurs parents.

Sofia a soudain l'air rêveur.

– Vous imaginez ? lance-t-elle. Partager un appartement tous les six ?

– Ouais enfin, si papa et maman ont dit non à Frantz, ils ne vont pas accepter pour moi, soupire Colas.

– Attends, si ça se trouve, il va refaire une première division l'année prochaine, et tes parents finiront par céder !

Le blond se redresse, indigné.

– Frantz va réussir le concours ! déclare-t-il.

Les autres sourient, attendris. Les relations entre les deux frères n'ont pas toujours été faciles, pourtant, Colas n'hésite jamais quand il s'agit de défendre son aîné.

– Dans ce cas, ce sera après, le rassure Maïna. Quand on sera dans le Corps de ballet !

Les cinq amis se prennent au jeu, imaginant la décoration de leur appartement, leurs sorties…

– Son entourage ! Mais oui, c'est ça, il faut interroger son entourage ! s'écrie Zoé en se redressant brusquement. Pour l'enquête !

– De quoi tu parles ? demande Colas en fronçant les sourcils.

– L'étape 1, c'est de savoir qui est l'amoureux mystère de Camille, vous vous souvenez ? reprend la petite rousse.

Les autres hochent la tête, pas plus avancés.

– Pour ça, il nous faut des infos sur elle… Il faut qu'on parle à ses amis ! C'est qui, la bande de Camille ?

– Il me semble que Dorothée la connaît bien. Je pourrais lui demander de se renseigner, si tu veux, propose Maïna.

Zoé hoche la tête, enthousiaste.

– Génial, je note, je note !

L'excitation de la petite rousse fait sourire ses amis.

– Je ne veux pas dire de bêtises, intervient Sofia, mais je crois bien que Camille est la Petite Mère d'Amy. Elle pourrait peut-être nous aider…

– Mouais…

Zoé est méfiante. La petite rousse n'a pas encore tout à fait pardonné à Amy.

Cette élève de deuxième division s'est un jour montrée très désagréable avec Sofia. Mais cet épisode est derrière elles, et les deux élèves sont aujourd'hui tellement proches qu'Amy est devenue la Petite Mère de la jeune Italienne.

– Ne sois pas rancunière comme ça ! se moque Colas.

– Je te rappelle que je suis corse, réplique Zoé en souriant de toutes ses dents. Bon, OK, je le note.

La petite rousse est en train de consigner leurs idées dans son nouveau carnet quand Philippe, le surveillant de nuit de l'étage, surgit à côté d'eux.

– Allez, les filles, on redescend ! Et toi, Colas, au lit. C'est l'heure de se coucher ! À regret, Maïna, Sofia, Constance et Zoé regagnent leurs chambres.

Quand elle éteint la lumière, quelques minutes plus tard, la petite rousse n'a qu'une hâte : être au lendemain pour se mettre au travail !

CARNET D'ENQUÊTE

***** Compte-rendu d'interrogation n° 1***

***** Témoin :*** *Amy*

***** Enquêteur :*** *Sofia*

Objet : le passé de Camille

D'après Amy, Camille est célibataire. Elle a eu un copain quand elle était à l'École pendant longtemps. Mais il n'a pas été pris à l'Opéra, il est parti à San Francisco, et ils ont rompu.

Pas d'histoire d'amour connue dans la Compagnie ou Amy n'en sait rien. (Super, merci, Amy !)

Conclusion : *c'est évident ! Elle n'a pas de copain parce qu'elle est amoureuse en secret !*

Conclusion (bis) : *cet interrogatoire ne nous a pas servi à grand-chose.*

Le lendemain soir, avant de partir dîner à la cantine, Zoé fait le point sur l'enquête. Elle repose le carnet sur son bureau avec un soupir. Cette première journée a été moins riche qu'elle l'espérait…

– Heureusement qu'on retourne à l'Opéra demain ! s'exclame-t-elle. Il faut qu'on soit sur place, d'ici, on ne peut rien faire !

– T'exagères, répond Maïna. J'ai parlé à Dorothée ce midi, et elle est d'accord pour interroger Camille. Moi, je trouve qu'on est super efficaces !

– Ce serait bien qu'on le soit aussi à la répétition demain, intervient Constance. Parce que je vous rappelle qu'on danse *La Belle au bois dormant*, pas *Sherlock Holmes*…

– Justement, rétorque Zoé. Ça fait longtemps que je ne me suis pas sentie aussi en forme !

5

Le lendemain après-midi, les petits rats sont de retour à l'Opéra Garnier. Dans les coulisses, Zoé se cache derrière un pilier. Car elle ne veut rien rater de la conversation qui se déroule de l'autre côté, à un mètre à peine…

Dorothée, la Petite Mère de Maïna, a accepté la requête de la bande. Il faut dire qu'elle adore les histoires d'amour ; alors quand sa Petite Fille lui a dit qu'elle pourrait peut-être aider à réunir deux personnes qui s'aimaient sans le savoir, l'argument a fait mouche !

Sa mission ? Obtenir des informations sur le genre de garçon qui plaît à Camille.

Son carnet d'enquête à la main, Zoé prend des notes.

<u>CARNET D'ENQUÊTE</u>

** ***Compre-rendu d'interrogation n° 2***

** ***Témoin :*** *Camille elle-même. (Donc super fiable !)*

** ***Enquêteur :*** *Dorothée* ♥

Objet : le genre d'homme de Camille

Grand. Brun. Yeux clairs. Danseur ou au moins sportif. Drôle. Sûr de lui.

Un peu plus loin, le reste de la bande observe Zoé, qui tire la langue en écrivant, concentrée.

–J'espère qu'elle ne va pas se faire repérer, souffle Bilal.

– C'est vrai qu'elle est super près, approuve Sofia.

– Au pire, elle pourra lui dire qu'elle est fan d'elle, suggère Constance.

– J'ai l'impression que cette histoire d'enquête lui a complètement fait oublier son anniversaire, c'est un bon point! déclare Maïna. D'ailleurs en parlant de ça, on est bien tous d'accord sur le jour ?

– Oui, confirme Colas. On fait son non-anniversaire le lendemain de la vraie date.

– Vous avez trouvé une idée pour le gâteau ? interroge Bilal. Je me disais…

– Attends ! le coupe Constance en désignant Dorothée et Camille de la tête.

Les deux jeunes femmes viennent de se lever. La bande retient son souffle… C'est bon, elles partent du côté opposé à Zoé.

– Bien joué, Dorothée ! murmure Maïna.

La petite rousse les rejoint, triomphante.

– Je vous avais bien dit que c'était Hugo, l'amoureux mystère ! lance-t-elle.

– Elle l'a avoué ? demande Sofia, les yeux brillants.

– Pas directement, admet Zoé. Mais elle a fait son portrait !

Elle montre les notes qu'elle a prises pendant la conversation.

– Ça peut s'appliquer à des dizaines de danseurs ici, remarque Bilal.

– Et à je ne sais pas combien de garçons en dehors ! complète Constance.

– Oh, là, là ! s'exclame Zoé. Pourquoi vous jouez les rabat-joie comme ça ?

– Chut ! la coupe Sofia en désignant Hugo, qui sort de scène et se dirige droit vers la bande.

Le danseur Étoile sourit à Zoé.

– Salut, jeune fille ! Alors, qu'est-ce que vous mijotez, tous ?

– Rien ! s'exclame la petite rousse. Rien du tout !

Le danseur rigole, puis reprend :

– Je voulais te remercier pour ton cadeau de l'autre jour. Je vais m'empresser de le lire !

– C'est vrai, ça te plaît ? interroge Zoé, ravie.

– Mais oui ! Par contre, reprend-il avec

un air plus sérieux, tu es au courant que tu n'as pas le droit de venir dans ma loge toute seule, n'est-ce pas ?

Zoé a une moue gênée.

– Désolée… c'était pour te faire une surprise !

– Ah, mais je ne dis pas ça pour moi, tu sais bien que ça ne me dérange pas. Je ne veux pas que tu aies des ennuis, c'est tout. Et puis je ne suis pas contre le fait de porter des costumes de scène sans taches de soda, si tu vois ce que je veux dire…

La petite rousse rougit jusqu'aux oreilles.

– Si vous voulez, je vous ferai tous visiter ma loge, propose-t-il. Mais avant, vous devez vous concentrer sur les répétitions. C'est vrai que ce n'est pas marrant d'attendre des heures que ce soit votre tour…

Les petits rats hochent la tête.

– … mais vous pouvez apprendre beaucoup en regardant danser les autres, poursuit-il. Vous êtes entourés de danseurs extraordinaires, ici.

D'un signe de tête, l'Étoile désigne la scène, sur laquelle Camille est en train de travailler avec le Maître de ballet.

– Camille, par exemple ! C'est la première fois qu'elle tiendra le rôle d'Aurore et elle fait un boulot fantastique. Prenez-en de la graine !

Le danseur a un petit rire, avant de terminer :

– Je parle comme un prof, c'est ça ? Bon, je dois y retourner ! À plus tard. Et pas de bêtises, Zoé !

La petite rousse attend qu'il soit suffisamment éloigné pour exploser :

– Vous avez entendu ?! « Camille est

formidable, bla, bla, bla… » Non seulement, c'est lui, l'amoureux mystère, mais en plus, l'amour de Camille est partagé !

Les autres se regardent, sans savoir quoi penser. La conviction de Zoé est contagieuse.

Sur scène, Hugo a rejoint Camille. Les yeux dans les yeux, ils évoluent en parfaite harmonie. Le danseur prend manifestement grand soin de sa partenaire, qui le dévore du regard.

– Je dois reconnaître que ça a l'air possible, souffle Colas.

Fascinés, les petits rats se taisent pour admirer les deux danseurs.

Une fois les six amis convaincus, ils

passent à l'action. Suivant les instructions de Zoé, chacun tente d'en apprendre le plus possible sur Hugo et Camille. Leurs emplois du temps, leurs loisirs, leurs amis, leurs habitudes… Toutes les techniques sont bonnes : interrogatoires plus ou moins subtils ou même espionnage !

Dans le même temps, les amis de Zoé profitent de chaque instant d'absence de la petite rousse pour avancer sur son non-anniversaire. Ils ont fait du tri dans leurs idées et commencé à réunir ce dont ils auront besoin. Bref, leur plan avance à grands pas… contrairement à leur enquête qui, elle, ne progresse pas beaucoup ! Camille et Hugo sont célibataires et s'entendent très bien, voilà à peu près leurs seules certitudes.

Un lundi, à l'École, Constance a cependant un scoop à révéler à la bande. Zoé bout d'impatience, mais malgré son harcèlement, la brune refuse de dire quoi que ce soit tant que tout le monde n'est pas présent. À la pause de la matinée, alors que la bande est rassemblée autour de la table de ping-pong, Zoé presse Constance :

– Alors ! Qu'est-ce que tu as vu ? Raconte !

– Ça a intérêt à être bien, ajoute Bilal. Sinon Zoé va te trucider…

Suspendue aux lèvres de son amie, la petite rousse est la seule à ne pas rire.

Savourant l'intérêt qu'elle suscite, la brune prend tout son temps pour raconter.

– Ce week-end, je suis allée boire un chocolat avec Mila dans le café qu'on aime bien, vous voyez, celui qui est à côté de Garnier ?

– Oui, celui avec la terrasse sympa, intervient Colas.

– Il y a un nouvel espace de danse qui vient d'ouvrir dans l'immeuble voisin, non ? interroge Sofia.

– Oui, justement, Mila me parlait de ça : elle a trouvé un super cours de danse contemporaine ! approuve Constance.

– Mais arrêtez ! s'énerve Zoé. Je veux savoir !

Avec un petit sourire, la brune reprend :

– Bref, on était en train de discuter quand… Camille et Hugo sont arrivés !

– Non ?! s'exclame Bilal. Ensemble !

Constance hoche vigoureusement la tête, les yeux brillants.

– En tête à tête. Ils se sont installés à une table pour prendre un café… Bon, je n'ai pas réussi à entendre de quoi ils parlaient.

– Mais ils avaient l'air proches ? questionne Zoé.

– Ils riaient beaucoup, en tout cas, déclare Constance.

La petite rousse semble un peu déçue.

– Qu'est-ce qu'il y a ? l'interroge Colas. Tu devrais être ravie, non ? Ça va dans le bon sens…

– C'est juste que si Camille lui avait avoué son amour, ils n'auraient pas ri ! explique Zoé.

Elle fait rebondir la balle sur la table de ping-pong, puis ajoute :

– Je crois qu'il est temps qu'on leur donne un coup de pouce !

– Comment ça ? demande Sofia.

Zoé expose la nouvelle étape de son plan : la rumeur. S'ils apprennent qu'ils se plaisent, ils oseront plus facilement faire le premier pas.

– En gros, résume Bilal, on dit à Camille qu'elle plaît à Hugo, et à Hugo qu'il plaît à Camille !

– Exactement ! confirme Zoé. Et on dit à leurs amis qu'ils iraient bien ensemble…

– … qu'ils sont super complices, ajoute Colas.

– On peut même affirmer qu'on les a vus tous les deux ! s'enflamme Zoé.

Constance fait la moue.

– Je ne sais pas si c'est une bonne idée de mentir, remarque-t-elle.

– Bon, OK, on ne dit pas qu'on les a vus, soupire Zoé. Mais tout le reste, c'est pas mentir !

La petite rousse décide alors de garder pour elle le reste de son plan…

Le week-end suivant, Zoé est chez Jeanne et Charles, les parents de sa famille d'accueil. Ce sont eux qui s'occupent d'elle les samedis et les dimanches, car sa famille à elle habite trop loin pour qu'elle y retourne chaque fin de semaine.

Le samedi après-midi, elle demande à les accompagner au centre commercial. Là, pendant qu'ils font les courses, Zoé se rend chez le fleuriste. Elle a apporté toutes ses économies dans son porte-monnaie en forme de panda.

D'un pas décidé, elle se dirige vers la femme qui se tient derrière le comptoir.

– Bonjour, madame ! J'ai une question : est-ce qu'on peut faire livrer un bouquet sans que la personne sache qui le lui a envoyé ?

La fleuriste sourit.

– Mais oui, bien sûr, les envois peuvent être anonymes.

– Super ! s'exclame la petite rousse. Et est-ce que vous avez autre chose que des fleurs ? Je veux dire pour offrir à un garçon, vous avez peut-être des plantes ?

La femme se penche et tire un dépliant de sous le comptoir, qu'elle étale devant Zoé.

– Mieux que ça, je peux faire livrer des

chocolats ! annonce-t-elle en désignant plusieurs photos d'assortiments.

Il y a des pralinés, de jolis rochers blancs et marron, des carrés colorés... Zoé salive en admirant les différentes boîtes présentées.

– Celle-ci ! choisit-elle en posant le doigt sur un alignement de rochers noirs parsemés d'éclats de noisette.

Reste la question du prix, mais la petite rousse est ravie de constater qu'elle a les moyens de passer les deux commandes. Pour Camille, elle sélectionne des roses rouges. « Classique et efficace », décide-t-elle. Après une courte hésitation, elle demande à joindre une carte, où elle fait inscrire : *« Pour une sublime Aurore, de la part d'un admirateur secret. »*

Pour la boîte de chocolats qu'elle fait

envoyer à Hugo, elle suit le même modèle : *«Pour mon Prince charmant.»*

Très professionnelle, la fleuriste prend en note les messages en gardant un visage impassible. Zoé n'a plus qu'à payer. Dès lundi, les deux cadeaux anonymes seront livrés à l'Opéra !

6

Les efforts des petits rats ont porté leurs fruits : des rumeurs commencent à se répandre au sein du Corps de ballet ! La bande le découvre par hasard le mercredi soir suivant, à l'École…

Zoé, Constance, Maïna, Sofia et Colas profitent d'un moment calme avec leurs Petit Pères et Petites Mères respectifs. Frantz est là, mais aussi Dorothée, Mila et même Amy.

Installés dans l'espace détente du

troisième étage de l'internat, ils discutent de tout et de rien.

– Ce que j'ai mal aux pieds ! soupire Maïna. C'est toujours aussi dur, les pointes ?

Les grandes échangent un regard complice.

– On ne va pas vous mentir, commence Amy, ce n'est pas toujours agréable.

– Mais disons que ça s'améliore un peu avec le temps, intervient Mila. On prend ses habitudes, on sait quelles pointes nous conviennent le mieux…

– On pourra regarder ça ensemble, si vous voulez, propose Dorothée. Je vous montrerai ce que je fais pour protéger mes orteils, ça pourra peut-être aider !

Les filles de la bande acquiescent, ravies.

– C'est vrai que ça fait mal, mais ce

que c'est beau… ajoute Sofia. Ça me donne l'impression d'avoir des jambes infinies !

Dans son coin, Colas grimace.

– Elles prennent toutes dix centimètres d'un coup, dit-il à son grand frère. J'ai intérêt à grandir vite, sinon je serai ridicule à côté…

Frantz lui ébouriffe les cheveux.

– T'as déjà bien poussé pendant les vacances… Ça va venir plus vite que tu le penses, j'en suis sûr. Et tu auras intérêt à bien te muscler pour accompagner ta croissance. Parce que les grandes perches, là, faut les porter après !

– Dis donc, on n'est pas des baleines non plus ! s'écrie Dorothée.

Frantz et la jeune femme éclatent de rire, avant d'expliquer :

– On travaille ensemble en ce moment, et disons que…

– … on n'est pas vraiment au point ! coupe Dorothée.

– J'ai cru que j'allais mourir écrasé, oui ! renchérit Frantz.

Zoé suit l'échange avec envie. Elle est impatiente de danser avec les garçons.

– Au fait, reprend Dorothée, vous qui vous intéressiez à la vie amoureuse de Camille, il y a pas mal de rumeurs en ce moment !

– C'est vrai, intervient Frantz. Moi aussi, j'ai entendu des choses…

– Quoi par exemple ? demande Zoé en essayant de masquer son excitation.

– On dit qu'elle s'est beaucoup rapprochée de Hugo, explique Dorothée. Depuis qu'ils travaillent ensemble pour *La Belle au bois dormant*…

– Il y a eu cette histoire de cadeaux aussi, remarque le grand frère de Colas. Mon Petit Père m'a raconté que Hugo avait reçu une boîte de chocolats d'une admiratrice anonyme.

Dorothée a l'air surprise.

– Ça alors ! C'est fou ! Moi, on m'a dit qu'un bouquet de fleurs avait été livré pour Camille directement à l'Opéra… et sans le nom de l'expéditeur !

Zoé fait de son mieux pour ne pas rougir. Elle n'a toujours pas raconté cet épisode au reste de la bande, mais elle est ravie d'apprendre que ses livraisons surprises ont produit de l'effet. « Je n'aurais pas dépensé tout mon argent de poche pour rien ! » se réjouit-elle.

Pour donner le change, elle fait mine de s'interroger :

– Vous croyez qu'ils se sont envoyé ces cadeaux l'un à l'autre au même moment sans le faire exprès ?

La petite rousse ne ment pas très bien : son ton manque de naturel, ce que la bande repère aussitôt. Mais ses amis imaginent que c'est le fait de parler de cadeaux en ce jour si particulier qui gêne la jeune danseuse et ne se posent donc pas de questions.

– En parlant de ça, c'est ton anniversaire, aujourd'hui, Zoé, non ? demande Frantz, qui met les pieds dans le plat.

– Je ne vois pas de quoi tu parles, réplique la petite rousse.

Devant l'air perplexe de son grand frère, Colas explique :

– Elle a décidé d'arrêter de grandir. Donc pas d'anniversaire.

– Tu ne veux pas qu'on te le souhaite ? insiste Dorothée, que l'idée semble chagriner. Pas de gâteau, pas de cadeaux, rien du tout ?

Zoé secoue la tête… avec un petit pincement au cœur. Passer à côté d'une occasion de s'amuser, ça ne lui ressemble pas. Mais hors de question de changer d'avis maintenant !

– Je vais même me coucher tout de suite pour mettre fin à cette journée maudite ! déclare-t-elle en se levant.

Une fois la petite rousse partie, Maïna, Constance, Sofia et Colas se sourient, complices.

– Ne t'inquiète pas, précise la jeune Martiniquaise à sa Petite Mère. On a préparé une surprise pour notre petit Suricate…

– Alors, Zoé, tu ouvres le bal ? demande Bilal.

Le lendemain, après les cours, la bande est réunie dans la chambre des filles pour sa traditionnelle séance d'Action ou vérité. La petite rousse est sans nul doute la plus grande fan de ce jeu, elle accepte donc sans difficulté la proposition.

– Vas-y, demande-moi ! lance Zoé.

Bilal s'exécute, un large sourire aux lèvres.

– Action ou vérité ?

– ACTION ! crie la jeune danseuse en bondissant sur ses pieds.

Ses amis se regardent, ravis : pour le moment, le plan fonctionne à merveille !

La bande a déjà prévu le gage… dont le but est d'éloigner la petite rousse le temps nécessaire.

Voilà comment Zoé se retrouve à quitter le bâtiment de l'internat pour se rendre dans le parc de l'École.

« Écrire un SOS visible depuis la fenêtre, se répète-t-elle, en regardant autour d'elle. Ils sont marrants, mais comment je suis censée faire ça ? »

Elle soupire. Ce n'est même pas très drôle comme gage !

Rapidement, elle trouve une solution. « Avec des bâtons et des feuilles mortes, je devrais réussir à faire quelque chose de lisible… »

Elle se met au travail en râlant.

« Je vais leur trouver des gages trop nuls, moi aussi, ça leur apprendra ! »

De temps en temps, elle lève le nez et aperçoit une tête à la fenêtre. Au moins, ils ne l'oublient pas…

Elle a l'impression que sa mission lui prend des heures. Enfin, quand elle estime avoir terminé, elle fait de grands gestes et crie :

– Voilà ! Vous êtes contents ?

Accoudés à la fenêtre ouverte de la chambre, les autres valident le gage en levant le pouce.

– Tu peux remonter ! lance Bilal.

– Ou attendre que quelqu'un vienne me sauver de mes amis pourris ! hurle Zoé en retour, déclenchant les rires de la bande.

Impatiente de prendre sa revanche, elle entre rapidement dans le bâtiment et grimpe les escaliers quatre à quatre. Puis elle remonte le couloir et se retrouve, étonnée, face à la porte fermée. Sans hésiter, elle l'ouvre violemment et peste :

– Vous ne perdez rien pour…

– SURPRISE !!!!

Zoé se fige, les yeux écarquillés. Une large banderole est accrochée au plafond, sur laquelle elle peut lire : « JOYEUX NON-ANNIVERSAIRE, ZOÉ !!! »

Elle éclate de rire. Toute la bande lui tourne le dos.

– D'accord, vous êtes forts, admet-elle. Je n'avais rien vu venir…

Les petits rats se retournent et elle découvre une rangée de sourires fiers. Sofia s'avance vers elle pour lui tendre une paire de chaussons de danse décorés de gros cercles de papier coloré.

– Tiens, ton non-chapeau de fête, explique la jeune Italienne.

JOYEUX NON-ANNIVERSAIRE, ZOÉ !!!
HIPSTER
HYPER ACTIF

Ce n'est qu'à ce moment-là que Zoé réalise que tous les autres portent déjà les leurs aux pieds.

– C'est toi qui les as faits, Sofia ? demande la petite rousse. C'est génial ! Merci !

– Et tu n'as pas encore tout vu, annonce joyeusement Maïna.

La petite rousse tourne la tête et son regard tombe sur son bureau. Elle y découvre un broc rempli de liquide vert, dans lequel sont plongées dix pailles.

Colas le lui apporte.

– Votre gâteau de non-anniversaire, madame !

– Beurk ! s'écrie Zoé. Qu'est-ce que c'est ?

– Un jus de légumes, explique Bilal en souriant.

– On ne dirait pas comme ça, mais c'est délicieux, ajoute Constance.

Zoé fait la moue.

– Et les pailles sont des non-bougies, intervient Colas. Tu aspires au lieu de souffler.

– D'accord, vous êtes vraiment fous, en fait ! lâche la petite rousse.

Son air ravi rassure ses amis : ils ne se sont pas trompés. Zoé exige tout de même qu'ils viennent tous aspirer le jus vert avec elle.

– Joyeux non-anniversaire ! crient-ils en chœur, une fois le broc terminé.

Il est temps de passer aux cadeaux… La bande s'est creusé la tête !

– Qu'est-ce qui est l'inverse d'un cadeau ? demande Sofia.

Zoé écarquille les yeux.

– Euh… des devoirs ? propose-t-elle.

Ses amis rigolent.

– Hum, c'est à peu près ce qu'on s'est dit, annonce Constance en lui tendant un petit panier rempli de papiers pliés.

Zoé en pioche un d'un air inquiet. Elle le déplie puis lit à voix haute.

– *Aller au cinéma avec Sofia !*

Elle tend la main pour en prendre un deuxième.

– *Emmener Maïna au karaoké*… Je vois le genre, dit-elle. Des devoirs d'amitié ! Je suis impatiente de tous les lire.

– Tout à l'heure, intervient Bilal, qui prend tout à coup un air grave.

– Pourquoi ? Qu'est-ce qu'il y a encore ? interroge la petite rousse.

– Eh bien, à un anniversaire, on s'amuse, tu es d'accord ? demande le brun.

– Oui… réplique Zoé, hésitante. Et ?

– Alors on a pensé qu'il fallait qu'on s'ennuie à ton non-anniversaire, complète Colas. On va s'assoir en rond sur la moquette et se regarder dans le blanc des yeux.

Les autres s'exécutent aussitôt, le visage impassible.

En soupirant, Zoé s'assoit à son tour… mais après quelques secondes, Bilal lui fait une grimace monstrueuse.

– Hé ! proteste la petite rousse en répliquant de son mieux.

Toute la bande éclate de rire et Maïna finit par déclarer :

– Bon, OK, dernière idée à la poubelle !

Les fous rires se poursuivent jusqu'à ce qu'il soit l'heure pour Bilal de rentrer chez lui. Après avoir réclamé un câlin collectif, Zoé souffle :

– J'ai vraiment les meilleurs amis du monde. Merci…

7

Le lendemain, Zoé arrive toute joyeuse à l'Opéra.

Après la surprise de la veille, un grand événement attend la bande : la représentation inaugurale de *La Belle au bois dormant* ! La veille, Mlle Paillac a assuré aux filles qu'elles étaient parfaitement prêtes, les costumes sont finalisés et ajustés, les placements maîtrisés… Bref, il n'y a plus qu'à profiter de l'excitation si particulière de la première !

En tout cas pour Zoé, car les autres petits rats ne sont pas aussi détendus qu'elle ! Constance est dévorée par le trac, comme à son habitude. À peine arrivée, elle s'isole pour faire ses exercices de respiration. Sofia et Colas, eux, préfèrent répéter encore au foyer de la danse.

– J'ai l'impression d'avoir tout oublié ! s'exclame le beau blond.

– Pareil, répond la jeune Italienne. Comme si mon cerveau était vide.

Bilal, qui passe à côté d'eux à cet instant, leur lance :

– Faites confiance à votre corps ! Dès les premières notes, tout va vous revenir.

Maïna, assise par terre, est en train de coudre les rubans de ses pointes.

– Qu'est-ce que tu vas faire en attendant, toi ? demande-t-elle au grand brun.

– La sieste à ma place habituelle ! réplique ce dernier en souriant. Rien de mieux pour arriver sur scène en forme.

Lors des premières répétitions, Bilal a trouvé un coin isolé dans les coulisses pour se reposer. Depuis, il y reste fidèle, autant pour le calme que par superstition. Comme beaucoup de danseurs, il aime avoir ses petits rituels avant de monter sur scène.

De son côté, Zoé a un plan. Mais il ne s'agit ni de petites habitudes rassurantes ni d'échauffement… Non, malgré la proximité de la représentation, la petite rousse n'a toujours qu'une idée en tête : rapprocher Camille et son Petit Père !

« C'est le moment de frapper un grand coup, se dit-elle. Les émotions sont plus fortes avant la première. Si Camille doit lui avouer ses sentiments, c'est maintenant ! »

En plus, la jeune fille est sûre et certaine que, si les deux danseurs vedettes de la soirée se confessent leur amour, le spectacle de ce soir sera inoubliable.

Comme à son habitude, elle a élaboré un plan, qu'elle a cette fois griffonné dans son carnet d'enquête.

<u>CARNET D'ENQUÊTE</u>

** ***Question :*** *Comment faire pour que Camille et Hugo soient forcés de se parler ?*

** ***Réponse :*** *il ne faut pas leur laisser le choix.*

** ***Conclusion :*** *on doit les enfermer ensemble !!!*

** ***Où :*** *dans la loge de Hugo.*

Avant d'enfiler sa tenue de scène, Zoé dispose d'un peu de temps. Elle a donc décidé de mettre son plan à exécution. Et l'effervescence qui règne dans les couloirs du Palais Garnier en ce jour de première devrait l'aider à passer inaperçue…

Elle commence par se rendre droit à la loge de son Petit Père. Comme elle vient de le voir dans le foyer de l'Opéra, pas de risque qu'il s'y trouve ! Elle n'y reste qu'une seconde… suffisante pour empocher discrètement la clef laissée sur la porte ! La petite rousse le sait : son Petit Père ne ferme jamais sa loge.

« Un vrai Canadien ! » songe-t-elle avec un petit rire.

Un jour, Hugo lui avait raconté que dans de nombreuses régions du Canada, où il se rend souvent en vacances, personne ne ferme la porte de chez soi. Et qu'il n'y a pas plus de cambriolages qu'ailleurs pour autant !

La petite rousse redescend pour épier les mouvements de l'Étoile, qui termine de s'échauffer dans le foyer. Elle admire sa maîtrise, aussi parfaite dans de simples pliés que dans ses grands jetés.

« Il a la même concentration pour tout, songe-t-elle, fascinée. J'ai du mal à croire qu'un jour il a été comme nous… comme moi. »

D'après ce que lui a raconté son Petit Père, il a eu une jeunesse mouvementée. Lui aussi aimait s'amuser.

L'idée fait sourire Zoé. « C'est la preuve qu'il y a de l'espoir pour moi ! » se dit-elle.

Ça y est, Hugo a fini son échauffement. Il s'essuie et ramasse sa bouteille d'eau.

« Il va retourner dans sa loge prendre une douche et se changer », comprend aussitôt Zoé.

Elle a peu de temps pour passer à l'action…

La petite rousse consulte l'horloge sur le mur. « Il faut que dans un quart d'heure Camille frappe à sa porte… » pense-t-elle.

Le poing serré autour de la clef soigneusement gardée dans sa poche, elle observe le foyer autour d'elle.

« À qui est-ce que je pourrais demander ? » réfléchit-elle. Comme pour répondre à sa question, Sophie entre à ce moment-là.

– Parfait ! murmure Zoé. Dans dix minutes, je vais la voir…

Elle ne veut pas que ses amis s'inquiètent, alors elle en profite pour aller les trouver.

– Tu viens te changer ? lui demande Maïna.

– Je vous rejoins directement dans les vestiaires, répond Zoé. Je vais réveiller Bilal avant !

– Bonne idée. Ne tarde pas trop si tu veux que je t'aide pour ton chignon !

Zoé sourit, puis part à la recherche du grand brun. Elle le trouve à sa place habituelle, au fond des coulisses, allongé de tout son long, en train de ronfler, la tête appuyée sur son sweat roulé en boule.

La petite rousse s'en voudrait presque de le déranger. « Il a l'air tellement bien ! » Mais elle ne se laisse pas attendrir longtemps : elle a un plan à réaliser, après tout.

– On se réveille, le Beau au bois dormant, lui dit-elle en le secouant sans ménagement.

– Hein ? Quoi ? Zoé…

– C'est l'heure de se préparer, j'y peux rien, moi ! se justifie-t-elle, les mains levées.

Bilal se redresse et se radoucit aussitôt.

– Ah, OK, désolé. Et merci !

Zoé sourit, puis retourne rapidement dans le foyer. Elle file droit vers Sophie.

– Excuse-moi ?

– Oui ? répond la danseuse, étonnée. Qu'y a-t-il ?

– Est-ce que tu pourrais dire à Camille que Hugo voudrait la voir dans sa loge, s'il te plaît ?

Sophie fronce les sourcils.

– Qu'est-ce que tu racontes ?

Pour donner plus de crédibilité à ses paroles, Zoé précise :

– Je suis la Petite Fille de Hugo. Et il m'a

demandé de transmettre le message. Ce ne sera pas long ! Enfin, je crois…

La petite rousse termine avec un sourire innocent, puis tourne les talons.

« Pourvu que ça ait fonctionné ! » se dit-elle en se dirigeant vers la loge.

Au lieu de s'arrêter dans le couloir, elle poursuit jusqu'à l'angle et se cache dans l'ombre. « Il n'y a plus qu'à guetter maintenant », pense-t-elle.

Les minutes défilent avec une lenteur insupportable… jusqu'à ce qu'enfin, Zoé entende des pas. C'est bien Camille, déjà en costume, qui surgit dans le couloir. La danseuse blonde est très pâle, sans doute à cause du stress de la représentation couplé à l'angoisse de danser le rôle d'Aurore pour la première fois.

Elle frappe à la porte de la loge de Hugo,

et Zoé entend la voix du danseur crier :

– Entrez !

« Il n'a même pas demandé qui c'était. Hugo, tu es parfait ! » songe-t-elle, tandis que Camille entre et referme la porte derrière elle.

Sans hésiter, Zoé se précipite, glisse la clef le plus silencieusement possible dans la serrure et la tourne !

Puis elle reste immobile une seconde, le cœur battant.

« Si ça se trouve, Hugo ne voudra plus jamais me parler ! » s'inquiète-t-elle soudain.

Elle s'éloigne à reculons, hésitant à tout arrêter.

« Mais peut-être que grâce à moi, la femme de sa vie lui avouera enfin qu'elle l'aime ! S'ils se marient avec Camille, ils ne pourront pas m'en vouloir d'avoir fait ça… »

Refusant de s'interroger plus longtemps, Zoé part en courant, direction les vestiaires. Elle doit se préparer !

8

Zoé a rejoint les vestiaires. Au centre de la longue pièce, s'alignent les tables surmontées de miroirs, encombrées de maquillage et d'accessoires. Partout, des danseuses s'activent, s'interpellent, brossent leurs cheveux, appliquent un trait d'eye-liner. L'activité est étourdissante, une véritable ruche !

La petite rousse passe sa tenue en quatrième vitesse. Il lui faut libérer Camille et Hugo à temps pour la représentation !

« Au moins, ils sont déjà en costume, essaie-t-elle de se rassurer. J'ai besoin de quoi ? Cinq minutes maximum pour aller de la loge aux coulisses. Et puis j'ai bientôt fini, de toute façon. »

Elle jette un œil à l'horloge et fronce le nez. Les deux danseurs doivent à la fois rester enfermés assez longtemps pour finir par se déclarer leur flamme… mais aussi être libérés à temps pour ne pas mettre en péril la représentation du soir.

Zoé se sent soudain dépassée. Une goutte de sueur descend le long de sa colonne vertébrale et ses mains tremblent alors qu'elle tente pour la troisième fois de lisser sa queue de cheval. « Dans quoi je me suis encore lancée ? » panique-t-elle intérieurement.

Elle sent une main se poser sur son

épaule. Constance la dévisage, sourcils froncés.

– Qu'est-ce que tu as fait ?

– Moi ? Rien ! proteste la petite rousse.

Mais elle ne résiste pas longtemps au regard inquisiteur de son amie.

Elle soupire en sentant monter les larmes.

– Je crois que j'ai fait une bêtise…

D'un geste, Constance demande à Sofia et Maïna de les rejoindre.

– J'ai l'impression que mademoiselle a quelque chose à nous avouer, explique-t-elle.

Si ses paroles sont sévères, son regard est plutôt inquiet et surtout, bienveillant. C'est ce qui décide Zoé a révéler qu'elle vient d'enfermer Hugo et, Camille dans la loge du danseur Étoile !

Ses amies ne réussissent pas à retenir leurs exclamations. Les autres filles dans le vestiaire leur lancent des regards surpris et toutes les trois poursuivent en chuchotant.

– Il faut que tu ailles leur ouvrir tout de suite ! décrète Constance.

– Tu cours et tu reviens le plus vite possible pour que je te fasse ton chignon, renchérit Maïna.

Zoé regarde Sofia, dans l'espoir d'avoir un avis contraire, mais la jeune Italienne se contente d'acquiescer.

– C'est trop grave, là… souffle-t-elle, les yeux écarquillés.

La petite rousse hoche la tête. Elle en a bien conscience, elle aussi. Le simple fait de raconter à haute voix ce qu'elle venait de faire le lui a fait comprendre.

Zoé se précipite donc hors du vestiaire et court aussi vite que ses jambes le lui permettent jusqu'à la loge de son Petit Père. Mais quand elle y arrive, à bout de souffle… la porte est ouverte !

Elle reste un instant bouche bée, sans comprendre. Puis elle ose passer la tête à l'intérieur : la loge est vide.

– Mais… comment ? bredouille Zoé, interloquée.

Elle secoue la tête, tentant de reprendre ses esprits. Elle a beau n'y rien comprendre, c'est plutôt une bonne nouvelle que les danseurs se soient libérés… et il faut qu'elle retourne se préparer.

Elle fait donc le chemin en sens inverse, au pas de course, en élaborant mille hypothèses dans son esprit…

– Ils sont sortis ! annonce la jeune

danseuse à ses amies au moment où elle les rejoint dans les vestiaires.

– Super ! s'exclame Sofia. Ils n'étaient pas trop fâchés ?

– Non, ils sont sortis avant que j'arrive ! J'y comprends rien…

Maïna est la première à réagir. Elle entraîne Zoé *manu militari* devant le miroir pour la coiffer. En un rien de temps, la petite rousse est prête à rejoindre les coulisses.

« Peut-être que tout va bien se passer, finalement », songe-t-elle au moment de quitter les vestiaires pour aller dans le foyer où Bilal et Colas doivent commencer à s'inquiéter.

Quand les filles arrivent dans la pièce au décor somptueux, les garçons leur foncent effectivement dessus.

– Je sais, je sais ! s'écrie Zoé. On est en retard et c'est entièrement ma faute !

Les deux danseurs échangent un coup d'œil inquiet, puis le blond souffle :

– C'est pas ça… Hugo et Camille te cherchent…

– Je ne sais pas ce que tu leur as fait, ajoute Bilal, mais franchement, ils avaient l'air…

– … furieux, termine Zoé en regardant dans son dos.

Elle vient d'apercevoir son Petit Père, qui se dirige vers elle en la fixant, le visage sévère. Elle grimace en anticipant le savon qui l'attend.

– Vous pouvez nous laisser ? demande l'Étoile qui a rejoint la bande.

Les amis de la petite rousse acquiescent et s'éloignent en lui lançant un regard désolé.

– Qu'est-ce qui t'a pris ? lâche Hugo, qui parle bas pour que les autres n'entendent pas leur conversation.

– Je…

– Sophie a tout raconté à Camille, reprend le danseur. Tu croyais vraiment qu'on n'en saurait rien ? Mais enfin… Tu te rends compte de la gravité de ce que tu as fait ? Si je n'avais pas eu un double de la clef dans ma loge, je ne veux même pas imaginer…

Hugo passe la main sur son front, comme désespéré par l'attitude de sa Petite Fille.

– Je suis vraiment désolée, murmure-t-elle en sentant les larmes couler sur ses joues. Je voulais bien faire, je t'assure. Je sais que j'ai dépassé les bornes, dis-moi comment me rattraper…

Son Petit Père l'observe quelques instants en secouant la tête, puis prend une profonde inspiration pour se calmer.

– On en reparlera après, ajoute-t-il. Concentre-toi sur la danse, maintenant.

La petite rousse acquiesce en reniflant, pendant que l'Étoile tourne les talons.

Dès qu'il s'est éloigné, la bande entoure Zoé et tente de la réconforter. Maïna s'active et essuie le mascara qui a coulé sur les joues de son amie, tous parlent en même temps, aussi bien pour essayer de comprendre ce qui s'est passé que pour rassurer Zoé.

– Respire un grand coup, mets tout ça dans un coin de ta tête et prépare-toi pour la représentation, OK ? conclut Bilal, résumant l'avis général.

La petite rousse hoche la tête. Elle va

danser et tout oublier, au moins pour quelques heures.

Il est temps pour la bande d'entrer en scène.

Avec tout ce qui vient d'arriver, Zoé n'a même pas eu le temps de réaliser. Elle n'est jamais paralysée par le trac, mais d'habitude, elle a tout de même un pincement au ventre pendant les quelques heures qui précèdent le ballet. Pas ce soir. Cette fois, elle n'attend qu'une chose : pouvoir se lancer dans la danse, s'y jeter à corps perdu, pour ne plus penser à rien. Devenir quelqu'un d'autre, se laisser porter par la musique et par les pas mille fois répétés.

Dès que son pied entre dans la lumière, la petite rousse se sent mieux. Elle vient de pénétrer dans le conte de fées.

Elle vit le ballet dans un mélange de concentration intense sur sa posture, son placement, ses muscles, et d'une sensation de liberté qu'elle ne ressent que sur scène.

Quand vient le pas de deux d'Aurore et de son prince, elle admire, fascinée, la performance de Camille et Hugo. « Ils sont tellement dans leurs personnages, songe-t-elle. C'est comme si je ne les connaissais pas… »

Il lui semble même que le visage de son Petit Père est différent. Lui qui affiche toujours un air malicieux semble à cet instant l'incarnation parfaite du prince charmant romantique !

Bien sûr, Zoé connaît le ballet dans ses moindres détails… Pourtant, son cœur bat au rythme de l'histoire et de la musique. Et comme chaque fois que la petite rousse est sur scène, le temps file bien trop vite…

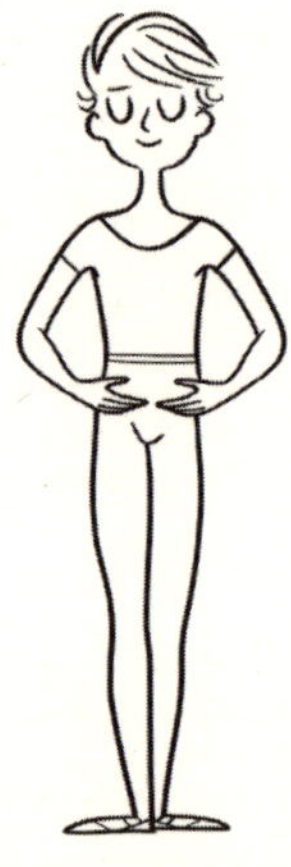

9

Depuis les coulisses, la bande entend les dernières notes résonner. Un silence d'une seconde, puis un tonnerre d'applaudissements envahit la salle de l'Opéra Garnier.

– C'est le moment que je préfère ! souffle Zoé, les yeux brillants.

Ses amis lui renvoient son sourire. C'est vrai que les minutes du salut sont un instant magique, à part.

Ce public, qu'on ne fait que ressentir

pendant la représentation, devient soudain réel. La lumière s'allume, les spectateurs surgissent. Leur joie, le bruit impressionnant produit par les applaudissements de toute une salle…

– Ça y est, on entre ! murmure Bilal, qui sautille d'excitation.

Zoé est la première à s'avancer dans la lumière aveuglante des projecteurs. La chaleur l'enveloppe et un bonheur immense illumine son visage. Elle savoure ce moment dont elle sait à présent qu'il passe toujours trop vite.

Les amis rejoignent la place qui leur est réservée pour le salut, puis s'immobilisent et admirent les principaux danseurs du ballet, qui apparaissent tour à tour. Les deux derniers sont bien sûr Hugo, dont l'arrivée déclenche des « Bravos ! »

sonores, et Camille, qui reçoit une impressionnante ovation.

Zoé est heureuse et soulagée de voir leur expression radieuse. « Au moins, mes bêtises ne leur ont pas gâché la soirée », se dit-elle.

Les stars du jour s'avancent à plusieurs reprises pour s'incliner devant le public, répondant aux applaudissements qui ne faiblissent pas.

Soudain, les battements se font moins nombreux, puis s'éteignent. Zoé, qui avait les yeux fixés sur Camille et Hugo, remarque enfin ce que la foule a déjà vu : M. Hassler, le Directeur de l'Opéra de Paris, vient de monter sur scène, accompagné de M. Laveau, le Directeur de la danse.

Surgis des coulisses, deux techniciens

installent un micro et son pied sur le devant de la scène.

Bouillonnante d'excitation, Zoé croise le regard de Constance, à sa droite. La brune lui fait un clin d'œil. Danseurs et spectateurs savent qu'ils sont en train de vivre un moment exceptionnel. « Une nomination ! » songe la petite rousse.

Hugo étant déjà danseur Étoile, la jeune danseuse sait bien ce que ça signifie…

Son attention se reporte sur le Directeur de l'Opéra, qui prend la parole.

– Mesdames et messieurs, bonsoir ! Il est très inhabituel que le Directeur de l'Opéra et le Directeur de la danse se présentent devant vous.

Le cœur de Zoé bat si fort qu'elle a l'impression qu'il va sortir de sa poitrine.

– Je voudrais d'abord remercier l'ensemble

de l'équipe technique, poursuit M. Hassler.

Une vague d'applaudissements répond à cette déclaration, à laquelle se joignent d'ailleurs les danseurs de la Compagnie. Tous sont ravis d'avoir l'occasion de saluer les femmes et les hommes qui travaillent dans l'ombre pour faire vivre la magie de l'Opéra.

– Je voudrais également remercier l'orchestre de l'Opéra national de Paris, dirigé par maestro Herbert.

Nouvelle vague d'applaudissements. Là aussi, la bande s'y joint avec enthousiasme. Dans sa tête, Zoé ajoute une pensée pour les pianistes qui accompagnent les cours de danse à l'École. « C'est tellement génial de pouvoir danser chaque jour en musique ! pense-t-elle. C'est fou comme on peut parfois oublier la chance qu'on a, quand elle fait partie de notre quotidien… »

– Enfin, je voudrais associer à mes remerciements l'ensemble du Ballet.

Là encore, les élèves sont particulièrement heureux d'applaudir leurs modèles, leurs aînés, ceux qu'ils rêvent de devenir. La bande s'autorise même des regards complices. Zoé sait qu'ils sont tous en train d'imaginer la même chose. « Un jour, ce sera nous aussi, le Ballet. On fera partie de cet ensemble… »

La petite rousse ne peut s'empêcher de croiser les doigts.

– Mesdames et messieurs, reprend le directeur d'un ton solennel. Sur proposition de M. Laveau, Directeur de la danse, je suis très heureux de nommer Camille Blanc danseuse Étoile de l'Opéra de Paris !

Avant même que M. Hassler ne termine sa phrase, une énorme vague d'applaudissements et de cris de joie retentit.

Le regard de Zoé ne peut se détacher de Camille. L'émotion de la danseuse se lit sur son visage, ses yeux brillent, ses joues rosissent.

Hugo fait un pas de côté pour laisser la star du jour dans la lumière. Mais Camille tend les mains vers lui.

« Elle a l'air un peu perdue, songe Zoé, attendrie. Ce doit être fou ! Ce jour dont elle a rêvé toute sa vie… »

Soudain, alors que sous ses yeux Hugo serre la danseuse dans ses bras et l'embrasse chaleureusement sur le front, la petite rousse a une révélation. « Ce dont elle rêvait depuis si longtemps ! » Ça lui revient maintenant. C'est ce que confiait

Camille à Sophie, dans les couloirs de l'Opéra, le jour où toute cette histoire a commencé… « C'était ça ! pense Zoé. Elle parlait de la possibilité d'être nommée Étoile, pas d'un amoureux ! Et celui dont elle craignait qu'il change d'avis, c'était M. Laveau, le Directeur de la danse ! »

Devant elle, Hugo encourage Camille à s'avancer pour saluer le public, qui l'acclame, debout. La danseuse s'incline profondément, puis se redresse, le visage bouleversé. Elle hésite entre le rire et les larmes.

M. Laveau s'approche et lui tend un énorme bouquet, avant de la serrer dans ses bras en la félicitant. Puis c'est au tour du Directeur de l'Opéra de s'avancer pour lui glisser quelques mots et lui faire la bise.

Zoé scrute les visages des danseurs qui l'entourent. Certains yeux sont remplis de larmes, d'autres pétillent de joie. Pour tous, le moment est intense, émouvant.

Camille est revenue vers Hugo, qui la serre de nouveau contre lui. « Il est fier de l'avoir accompagnée pour ce moment, comprend sa Petite Fille. D'avoir été son partenaire pour le rôle de sa nomination. Je suis sûre qu'elle ne l'oubliera jamais... »

10

Les applaudissements se poursuivent encore longtemps, rythmés par les saluts de Camille.

Zoé en a mal aux mains ; pourtant, elle ne cesserait d'applaudir pour rien au monde. « J'avais compris de travers, se dit-elle. Mais peu importe ! C'est bien mieux que tout ce que j'avais imaginé… »

La petite rousse a un sourire malin en pensant : « Et ce qu'il y a de bien, c'est qu'après une soirée comme ça, Hugo et

Camille ne pourront pas m'en vouloir ! »

Malgré l'enthousiasme général, après une très longue ovation, les applaudissements finissent par cesser et le rideau retombe.

Partout dans les coulisses du Palais Garnier, c'est l'euphorie. Les amis de Camille se précipitent vers elle, la Compagnie tout entière l'entoure et la félicite.

Un peu plus loin, la bande a formé un cercle pour mieux partager cette émotion extraordinaire.

– C'était complètement dingue ! s'écrie Bilal.

– Oui, ça fait rêver, approuve Sofia.

– C'est comme si tout le monde sur scène avait retenu sa respiration en même temps ! s'écrie Constance. Vous l'avez senti, vous aussi ?

Les amis hochent la tête.

– Et on s'est imaginés à la place de Camille, ajoute Zoé en joignant les mains sur son cœur pour saluer.

– J'ai du mal à croire que ça pourrait m'arriver un jour, répond Maïna. Mais si c'était le cas, je crois que je ne pourrais pas m'empêcher de pleurer. Et je viendrais vous chercher pour un salut de la bande !

– Ah non ! s'indigne Bilal. Ce serait ton moment de gloire à toi ! Tu as le droit d'être la star, parfois.

Maïna rougit, puis détourne la conversation :

– Du coup, on n'avait rien compris, non ? À propose de Camille et Hugo ?

C'est au tour de Zoé de s'empourprer.

– J'avoue que je me suis un peu emballée, déclare-t-elle.

Elle jette un coup d'œil aux deux danseurs, qui sont entourés de membres du Corps de ballet. Ils n'ont pas du tout l'air d'un couple, mais bien d'amis… À présent que la petite rousse a tout compris, ça lui saute aux yeux.

– Depuis le début, elle parlait de la nomination, comprend à son tour Colas. Il devait y avoir des rumeurs depuis longtemps…

– C'est fou comme on a pu tout interpréter en fonction de notre idée de départ, remarque Constance.

Zoé a une moue navrée.

– Je voulais juste m'amuser, ne pas tout prendre au sérieux comme les grands… Mais je sais que je suis allée trop loin. Je suis désolée de vous avoir entraînés dans mon délire.

– Si on t'a suivie, c'est parce que ça nous plaisait à nous aussi ! remarque Bilal.

– Je crois qu'on voulait tous qu'il se passe quelque chose, réfléchit Sofia.

– Et on n'a rien vu de l'événement énorme qui se préparait juste sous notre nez ! ajoute Colas.

– Ouais, bravo, les détectives ! ironise Bilal.

Toute la bande éclate de rire.

Un toussotement les interrompt. En voyant les yeux de ses amis s'agrandir, Zoé se retourne… et se retrouve nez à nez avec Camille, son énorme bouquet de fleurs toujours dans les bras.

La petite rousse n'en revient pas : elle était sûre que la nouvelle Étoile aurait mille choses à faire, toutes bien plus importantes que venir gronder une élève de l'École… « Visiblement, je me suis trompée », songe-t-elle en sentant la panique monter.

– Je suis désolée, s'écrie-t-elle aussitôt. Vraiment, vraiment !

– Mais qu'est-ce qui t'est passé par la tête ? interroge Camille. Explique-moi !

La petite rousse soupire et se lance dans un récit détaillé : son anniversaire, sa peur de devenir vieille et ennuyeuse, et puis la conversation surprise, les regards sur scène, l'enquête menée auprès des autres danseurs, les cadeaux envoyés…

Elle ne peut plus s'arrêter de parler !

– Bref, j'ai mal interprété ce que tu disais, je me suis enflammée, et voilà…

La ballerine sourit.

– C'est vrai que tu as l'air du genre

à t'emballer ! En tout cas, tu as une sacrée imagination…

Puis, reprenant son sérieux, elle ajoute :

– Hugo m'a dit que tu étais une petite fille très chouette, qui avait fait une bêtise plus grosse qu'elle… Il ne se plaindra pas à la direction de l'École ; c'est ton Petit Père, il ne veut pas gêner ta scolarité.

Zoé acquiesce, l'air penaud.

– Et pour cette fois, j'ai accepté de ne rien dire non plus, reprend Camille. On règle ça entre nous, tous les trois. Mais tu dois nous promettre que tu ne feras plus jamais ce genre de choses, d'accord ?

– C'est promis, souffle la petite rousse.

La nouvelle Étoile se tourne vers le reste de la bande et demande :

– Vous êtes ses amis ?

– Oui, répondent en chœur les cinq autres.

– Alors je compte sur vous pour la surveiller, d'accord ? Si vous n'avez pas envie qu'elle finisse par être exclue, ne la laissez plus se mettre dans des situations pareilles !

La bande hoche la tête de concert, impressionnée.

Camille tourne les talons, quand Zoé lui crie :

– Et félicitations !

– Merci, répond la danseuse, avec un sourire radieux qui achève de rassurer la petite rousse.

Elle est pardonnée.

Dans le car qui ramène les petits rats à l'École, Zoé sort son carnet d'enquête.

– Qu'est-ce que tu fabriques ? s'écrie Constance.

– Tu ne vas pas recommencer, hein ! s'indigne Bilal.

– Je veux juste noter la fin, explique la petite rousse. On ne sait jamais, je pourrais peut-être m'en servir pour l'écrire un jour, ce fameux roman policier…

– À mon avis, rétorque Colas, tu ferais mieux de changer de lectures !

– Oui, et lire un livre sur une petite fille sage qui travaille bien, par exemple, suggère Sofia.

Zoé éclate de rire.

– Ça a l'air super ennuyeux, votre truc ! Avouez que, sans moi, l'École serait beaucoup moins drôle…

Devant la mine sévère de ses amis, la petite rousse range son carnet.

– D'accord, d'accord, j'ai compris !

Elle farfouille et tire un nouveau roman de son sac.

– Ne vous inquiétez pas, ce n'est pas un polar… c'est un roman d'horreur !

– Quoi ?!

Ses amis poussent des cris outrés, et Bilal lui arrache le livre des mains.

– Hors de question que tu lises ça ! décrète-t-il en le lançant à Colas, assis de l'autre côté de l'allée.

Comme Zoé fait mine de vouloir le récupérer, le blond l'envoie à Constance, qui le cache sous ses fesses.

– Je te déconseille de venir me le reprendre ! grogne-t-elle en plissant les yeux.

La bande part dans un fou rire incontrôlable. Zoé doit même essuyer les larmes qui coulent sur ses joues.

« Je ne sais pas si je serai Étoile un jour, se dit-elle en regardant ses amis. Je ne sais même pas si je serai encore à l'École l'année prochaine... »

Pourtant, elle sourit. Car ce dont elle est certaine, c'est qu'elle n'oubliera jamais ces moments. L'année de ses 10 ans restera gravée dans sa mémoire. Pour toujours.

Savais-tu que l'École de Danse de l'Opéra se situe bien au 20, allée de la Danse ?

Ces quelques pages te permettent d'en savoir encore plus...

La Belle au bois dormant

La Belle au bois dormant a été créé en 1890 par Marius Petipa sur une musique de Tchaïkovski. En 1989, Rudolf Noureev, danseur Étoile et chorégraphe, livre une nouvelle version, dans laquelle il donne plus d'importance aux rôles masculins.

L'histoire s'inspire du conte de Perrault et des frères Grimm. Le roi et la reine invitent les fées du royaume pour le baptême de la princesse Aurore. Or, la mauvaise fée Carabosse, qui a été oubliée, lance un sort : à son seizième anniversaire, Aurore se piquera le doigt avec un fuseau et en mourra. Heureusement, la fée Lilas adoucit la malédiction : la princesse, plongée dans un profond sommeil pour 100 ans, sera réveillée par le baiser d'un prince charmant.

Dans ce ballet, décors et costumes rivalisent de splendeur, pour la plus grande joie du public !

LE SAVAIS-TU ?

Auparavant, la nomination d'une Étoile ne se faisait pas en public. En décembre 1984, Rudolf Noureev est le premier Directeur de la danse à nommer une Étoile devant le public : Sylvie Guillem. Toutes les nominations se font désormais à rideau ouvert et les spectateurs peuvent manifester leur joie à la naissance d'une Étoile !

Le ballet de l'Opéra de Paris

À la fin de la première division de l'École de Danse, les danseurs passent le concours pour intégrer le Corps de ballet de l'Opéra de Paris. Ceux qui sont admis ont alors le grade de Quadrille. Grâce à un concours interne de promotion organisé tous les ans, ils pourront ensuite devenir Coryphée, Sujet et Premier danseur.
Après Premier danseur, plus de concours : les Étoiles sont nommées uniquement par le Directeur de l'Opéra de Paris, sur proposition du Directeur de la danse. Leur nombre est limité. Il y a aujourd'hui 19 Étoiles, 11 femmes et 8 hommes.

N° d'éditeur : 10236053
Achevé d'imprimer en janvier 2018
par GGP Media

FSC
www.fsc.org
MIXTE
Papier issu de
sources responsables
FSC® C022030